Um canudinho
para dois

Para Janine e Bernard...

O original desta obra foi publicado com o título
Une paille pour deux

© 1998, Éditions Nathan, Paris, France, pour la première édition,
© 2005, Éditions Nathan, Paris, France, pour la seconde édition.
© 2007, Livraria Martins Fontes Editora Ltda., São Paulo, para a presente edição.

Publisher	*Evandro Mendonça Martins Fontes*
Coordenação editorial	*Vanessa Faleck*
Produção editorial	*Cíntia de Paula*
	Valéria Sorilha
Preparação	*Flávia Schiavo*
Revisão	*Thelma Babaoka*
	Pamela Guimarães

Dados Internacionais de Catalogação na Publicação (CIP)
(Câmara Brasileira do Livro, SP, Brasil)

Sanvoisin, Éric
 Um canudinho para dois / Éric Sanvoisin ; ilustrações de Martin
Matje ; [tradução Ana Paula Castellani]. — São Paulo : Martins, 2007.
 — (Série Draculivro)

 Título original: Une paille pour deux.
 ISBN 978-85-99102-41-1

 1. Literatura infanto-juvenil I. Matje, Martin, 1962-2004.
II. Título. III. Série.

06-6357   CDD-028.5

Índices para catálogo sistemático:
 1. Literatura infantil 028.5
 2. Literatura infanto-juvenil 028.5

Todos os direitos desta edição reservados à
Martins Editora Livraria Ltda.
Av. Dr. Arnaldo, 2076
01255-000 São Paulo SP Brasil
Tel.: (11) 3116 0000
info@martinseditora.com.br
www.martinsmartinsfontes.com.br

ÉRIC SANVOISIN

Um canudinho para dois

Ilustrações de Martin Matje

Tradução
Ana Paula Castellani

martins fontes
selo martins

um

O pequeno e solitário chupa-tinta

Desde meu encontro com Draculivro, o chupa-tinta, eu bebo livros. Como? Com um canudinho!

Aspiro as histórias capítulo por capítulo. É delicioso. Quando elas entram na boca, fazem cócegas na ponta da língua. Sinto o gosto de todas as aventuras! Ora sou um pirata em um altivo veleiro de três mastros, ora navego no espaço a bordo de um foguete. Às vezes sou um homem. Outras vezes sou um gato.

Com um canudinho, vivo mil vidas. Todas diferentes. Todas apaixonantes.

A única coisa ruim é que ninguém pode saber disso. Então sugo os livros escondido, bebirico a tinta incógnito, devoro as palavras em segredo. Quando a noite cai...

Pena eu ser tão só e não poder partilhar meu canudinho com alguém.

Papai é livreiro. Se ele descobrisse meu gosto pela tinta dos livros, teria uma síncope. Pois os livros, depois que eu os bebo, se reduzem a meras páginas em branco. Tornam-se ilegíveis. Invendáveis. Só servem para serem jogados fora. Para serem queimados.

Às vezes, bebo os velhos livros desbotados da biblioteca municipal. Aproveito também aqueles dos quais as pessoas se livram porque ocupam muito espaço. Mas não ouso atacar os 'livrinhos' do papai. São a menina dos olhos dele. E ele ia acabar tendo aborrecimentos com os clientes, ficaria muito intrigado... Tremo só de pensar que um dia ele possa descobrir meu segredo. Toda a família teria medo de mim e me apontaria o dedo. Não quero viver em um cemitério, como o Draculivro, e me tornar um velho chupa-tinta solitário.

Draculivro é um ex-vampiro. Antigamente bebia sangue. Mas teve um problema no fígado e, desde então, bebe tinta. Dorme sempre em um caixão,

mas a luz do dia não lhe faz mais nada. Foi por isso que me mordeu. Ele foi até a livraria em plena tarde... Não desconfiei. Com os dentes, escreveu seu nome em meu braço: *Draculivro*.

Não nos vimos mais depois disso. Ele me assusta um pouco. É um indivíduo tão bizarro!

Hoje à noite, entretanto, irei ao cemitério perguntar a ele uma coisa muito séria:

— Senhor Draculivro, será que posso morder uma menina para que ela se torne igual a mim?

Para que 'meu' segredo passe a ser 'nosso' segredo, e que eu não esteja tão só no mundo. Mas, enfim, não vou explicar tudo isso. Esses detalhes não são da conta dele.

Tenho medo da resposta. Pois, se ele me disser não, então vou ficar solteiro o resto da vida...

dois

Com a morte na minha cola

E SPEREI meus pais irem dormir para sair na ponta dos pés. Desde que comecei a beber tinta, me tornei leve como uma pluma e tão silencioso quanto um par de pantufas.

Lá fora estava escuro. Mas tenho olhos de gato, certamente por causa de todos os livros que bebi e que falavam de gatos. Para mim, a noite é luminosa. Enxergo tão bem que é como se as estrelas iluminassem o céu como milhares de lanternas.

Fui diretamente para o cemitério. Eu o atravessei cerrando os dentes.

É muito louco. Durante o dia, os túmulos são apenas monumentos enfeitados com cruzes e flores. À noite, eles rangem e se transformam em sombras assustadoras. Eu disse para mim mesmo: "Você é um chupa-tinta. Você não corre nenhum risco". Mas, no fundo, eu não acreditava nisso.

Desci até a cripta com cuidado; os degraus eram escorregadios. Quando cheguei lá embaixo, fiz toque-toque na parede porque não havia nenhuma porta. Eu não queria entrar sem bater. Já havia tentado uma vez, e Draculivro ficara zangado. Isso foi naquele famoso dia, o dia em que tudo começou.

Ninguém respondeu.
— Tem alguém aí? — sussurrei.
Estranho. Todas as velas da cripta estavam apagadas. Naquela primeira vez, havia uma acesa. Avancei às cegas, com os braços estendidos diante de mim. Talvez Draculivro estivesse na balada. Ou, então, estava dormindo profundamente.

Por precaução, havia levado um isqueiro. Acendi. O caixão do chupa-tinta continuava no mesmo lugar, porém vazio. No fundo do cômodo, o armário estava repleto de livros. Todavia, alguma coisa estava errada. Avancei alguns passos e descobri um segundo caixão ao lado do primeiro. Mais baixo e menor. Um caixão bem do meu tamanho.

Uma ideia assustadora passou pela

minha cabeça. Draculivro queria me adotar! Como era um morto-vivo, iria me matar para que eu fosse morar com ele na cripta. Mas eu não queria deixar meus pais! Ser um pequeno chupa-tinta iniciante já era suficiente para mim. Apavorado, me afastei. Ao me virar um tanto bruscamente, esbarrei o braço no caixão grande. Ele escorregou de seu suporte, vacilou um instante à beira do vazio antes de oscilar e se despedaçar no chão.

Fiquei petrificado. Draculivro jamais me perdoaria pelo estrago em sua velha caixa de madeira.

Sem esperar a volta dele, espirrei da cripta como um tiro de canhão. Eu via Draculivro em toda parte. A morte estava na minha cola!

três
Carmilla

No dia seguinte, na escola, eu estava com a cabeça no mundo da lua. Sozinho à minha mesa, no fundo da classe, eu me senti ainda mais solitário do que nunca. Não podia contar meu terrível segredo a meus colegas, sob pena de me tornar um monstro aos olhos deles.

Ninguém poderia me entender, ninguém, a não ser outro chupa-tinta da minha idade...

Na minha cabeça, um pequeno caixão debochava. Parecia dizer: "De um jeito ou de outro, ainda vou te pegar. Você não me escapa!".

Por isso eu não estava muito atento às palavras da professora, a senhora Muzard.

— Odilon! Arrume sua carteira para que Carmilla possa se instalar ao seu lado.

— Hein? O quê?

Havia me esquecido completamente de que uma novata chegaria naquele dia. E ela tinha de ficar justo do meu lado? Aquilo não ia dar certo. Não estava disponível para ninguém, muito menos para uma menina. Meu coração era como uma cripta obscura e fria.

Resmungando, liberei o espaço. Carmilla sentou-se comportadamente jun-

to de mim, na carteira de dois lugares. Dei uma olhada para o lado para ver com o que ela se parecia. Ela sorriu para mim.

Esqueci completamente Draculivro, o pequeno caixão do meu tamanho e o grande caixão despedaçado. Carmilla era mais linda que a mais linda menina da escola. Seu sorriso era como um raio de sol. Pus a mão na minha testa. Estava queimando!

Não escutei mais nenhuma palavra da senhora Muzard. Tínhamos de desenhar um mapa da França que mostrasse Paris — a capital —, as grandes cidades do interior e os principais rios. Em vez disso, tracei um coração. Carmilla era a capital dele. Acrescentei um rio, um único; evidentemente, dei a ele o nome de Amor.

No recreio, não consegui falar com Carmilla, mas não tirei os olhos dela. Alguma coisa me atraía para ela com a força de um ímã. Eu me sentia um monte de sucata. Era inexplicável.

O problema era que eu não era o único príncipe encantado no páreo. No pátio da escola, Jonathan a cortejou, Maximilien lhe dirigiu olhares meigos, e eu, eu, eu nada fiz. Estava paralisado.

Daí pensei de novo em Draculivro e na pergunta que tinha a intenção de fazer a ele a respeito das meninas. Será que uma delas poderia se tornar igual a mim?

Decidi morder Carmilla, só para ver...

quatro

O que você faria se eu te mordesse?

No dia seguinte, na hora de copiar as lições que a senhora Muzard havia escrito na lousa... que desgraça!

Em minha carteira, descobri que mais da metade dos textos de meu caderno haviam sido bebidos. Os deveres da semana toda tinham pura e simplesmente desaparecido. Seria um aviso de Draculivro? Ele havia seguido meu rastro até a escola e logo viria me buscar! Em vez de pensar em Carmilla, fiquei imaginando como escapar do velho chupa-tinta. Mas não consegui chegar a nenhuma solução. A não ser que eu me mudasse para bem longe. Mas como convencer meus pais? Impossível...

— Você está branco como a página de um livro. Está tudo bem com você?

Era a primeira vez que Carmilla me dirigia a palavra. Minhas orelhas começaram a arder.

Fiz um esforço sobre-humano para sorrir. Enfim, eu ainda tinha uma pequena chance de agradá-la. Jonathan e Maximilien estavam se remoendo. Carmilla não quis nada com eles.

— Estou apaixonado.

— Ah! Isso não é grave. É uma doença boa. E, principalmente, não se deve tentar se curar dela.

Ela nem mesmo me perguntou por quem eu estava apaixonado. Parecia que ela não estava nem aí.

Resolvi então jogar meu curinga. Não poderia cometer nenhum erro.

— O que você faria se eu te beijasse?

Na verdade, no fundo eu pensava: "O que você faria se eu te mordesse?".

Infelizmente, o sinal das quatro e meia tocou. Carmilla arrumou suas coisas e voou para a saída como um míssil. E a minha resposta?

Corri atrás dela. Ela não tinha o direito de me abandonar daquele jeito!

Ultrapassando Jonathan e Maximilien, fui mais devagar para que eles não percebessem nada. Mas eu estava

vermelho como um pimentão. Eles viram que os meus planos também estavam indo para o brejo. Zombaram de mim depois que passei.

Na rua, mal tive tempo de avistar o casaco de Carmilla desaparecendo na esquina. Aquela menina era um foguete! Então liguei o turbo, porque ignorava onde ela morava. Se não a alcançasse, ia passar um fim de semana pavoroso. Só iria vê-la na segunda-feira.

Dei uma acelerada e consegui recuperar parte do atraso. Carmilla parecia tão apressada quanto Cinderela na noite do baile ao ouvir as doze badaladas da meia-noite.

Aonde ela ia daquele jeito? Eu não conhecia muito bem aquele bairro. Se ela não parasse, ia acabar saindo da cidade.

Antes que eu conseguisse alcançá-la, ela desapareceu no cemitério. Passando pelos portões, um arrepio percorreu minha espinha. Draculivro não estava longe...

Supus que Carmilla fosse a filha do vigia daquele cemitério. Se não fosse, por que ela iria até lá? Foi nesse momento que bati à porta do vigia. O casebre pendia sob o peso dos anos. Devia ter pelo menos três séculos.

Um velho senhor, com um cigarro na boca e um velho boné puído equilibrado sobre a cabeça, abriu a porta. Ele era todo torto.

— Pois não?

— Eu gostaria de ver a Carmilla, senhor... hããã... é que... ela esqueceu uma coisa na escola!

— Carmilla? Quem é essa Carmilla?

Compreendi que ela não morava ali. Então o que ela estava fazendo naquele lugar lúgubre?

— Deixe-me ver. Carmilla, Carmilla... Isso me lembra alguma coisa. Acho que sei onde tem uma.

Ele pegou seu casaco e uma lanterna antes de sair batendo a porta. O teto estremeceu. Dei um salto para trás. Uma telha caiu a cinco centímetros de mim.

— Não é nada. Precisa duns reparos, mas tenho tempo não. Vamos.

Estava começando a escurecer...

Meu guia se locomovia nas alamedas do cemitério como eu no meu bairro. Ele conhecia todo mundo ali. Não parava de dizer "olá, dona", "olá, senhor". E, às vezes, eu tinha a impressão de que aquele pessoal lhe respondia, pois cheguei a achar que tinha escutado alguns suspiros.

De costas, aquele homem parecia o Corcunda de Notre-Dame. Tinha um ombro muito mais alto do que o outro. Seu andar lembrava o de um chimpanzé. Como poderia ser ele o pai de Carmilla? A noite, agora, já havia caído completamente. Eu estava começando a me arrepender de tê-lo seguido.

Finalmente, ele parou diante de um túmulo muito bonito e muito velho. Um túmulo que eu conhecia muito bem. Fora ali que Draculivro me despertara o gosto pela tinta, quando nos encontramos pela primeira vez...

— É aqui. Carmilla, Carmilla... nome engraçado, não?

Antes que eu pudesse dizer qualquer

coisa, o vigia deu meia-volta e já se afastava com seu passo manco. Desapareceu no fim da alameda como se tivesse sido devorado pela escuridão.

Voltei-me para o túmulo em forma de frasco de tinta e topei o nariz com uma caixa de correio novinha. Sobre ela havia uma etiqueta colada:

Srta. Carmilla
residência do sr. Draculivro

cinco

O gosto azul da tinta dos mares do Sul

Eu estava estupefato.

Se Carmilla morava ali, então ela era uma... Não! Não podia acreditar naquilo. Então havia sido ela que tinha bebido meu caderno! Isso significava também que o pequeno caixão, no fundo da cripta, era... dela!

De repente, senti uma presença atrás de mim. Uma presença estranha...

A criatura que se encontrava às minhas costas cheirava a papel velho e a pó de tinta.

— Desça — ordenou-me com uma voz sibilante. — Carmilla está esperando você.

Era Draculivro.

— Eu... eu peço desculpas pelo caixão. Foi um acidente.

— Desça!

Enfiei-me na cripta, as pernas bambas. Ele ficou do lado de fora. Nem pensar em escapar por ali.

Lá embaixo, todas as velas estavam acesas. Carmilla me esperava sentada em seu pequeno caixão. Ao lado, o grande havia sido consertado com tábuas e pregos. Ela me olhava. Eu não sabia o que dizer.

— Você quer beber alguma coisa?

Com a mão ela me mostrou os livros do armário. Balancei a cabeça negativamente. Eu estava com um nó na garganta.

— Você se lembra da pergunta que me fez esta tarde?

Não. Eu não me lembrava mais de nada. Eu me sentia como uma mosca presa em uma teia de aranha. Me deu calor. Me deu frio.

Do lado de fora, Draculivro vigiava.

Os olhos de Carmilla, como duas luas brilhantes, estavam fixos em mim. Me deu calor. Me deu frio. Me deu febre...

— Você queria me beijar. Então vá em frente!

Ela fechou seus olhos-lua. Eu me aproximei do pequeno caixão. As chamas das velas dançavam nas correntes

de ar, jogando sobre suas bochechas reflexos de porcelana. Meus sapatos pesavam duas toneladas. Eu não conseguia mais erguê-los.

Carmilla parecia uma boneca.

Lá em cima, Draculivro esperava.

Minha boca roçou a bochecha de Carmilla. Ela tinha cheiro de flor de laranjeira. Disse a mim mesmo: "Carmilla é um doce e vou prová-la". Mas ela me deteve.

— Não, assim não. Você está ou não está apaixonado?

Fiquei vermelho, desconcertado. Por causa de Draculivro, que vigiava lá em cima. Por causa de Carmilla, que havia tecido sua teia bem em torno de mim. Eu a beijei. Vertigem. Seus lábios tinham o gosto azul da tinta dos mares do Sul. Em seguida ela me mordeu,

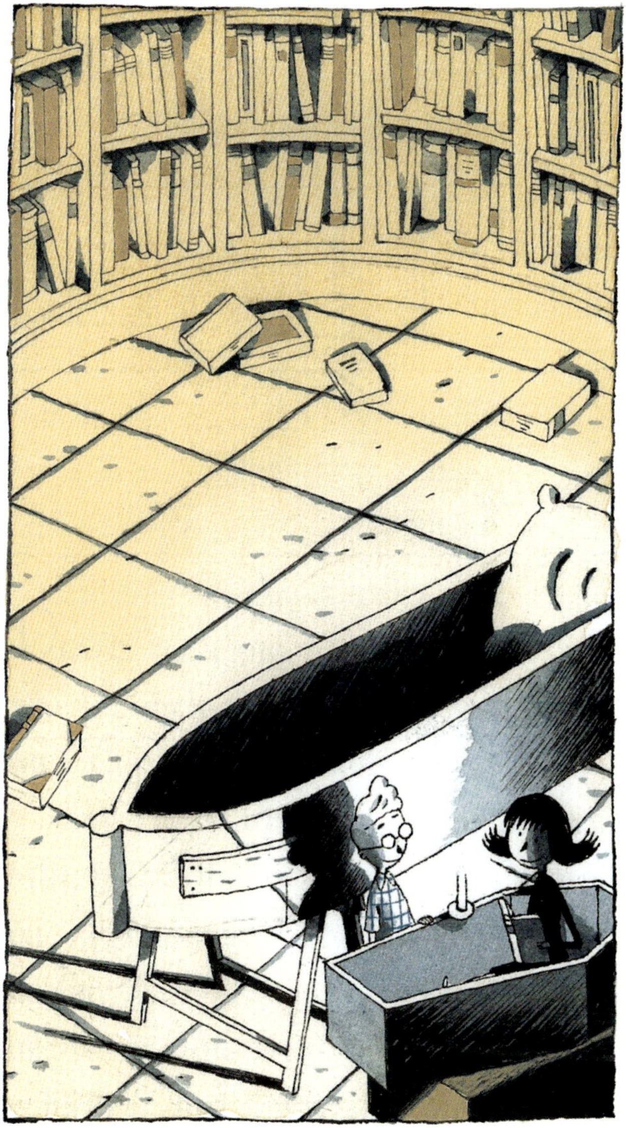

gravando seu nome em minha pele. Olhei meu braço, incrédulo. Não fazia muito tempo que Draculivro havia me mordido no mesmo local para que eu me tornasse um chupa-tinta. Seu nome ficara marcado em mim como uma tatuagem. Mas agora ele começava a se apagar. Em seu lugar, pouco a pouco o nome de Carmilla se tornava cada vez mais nítido.

— Por que você fez isso, Carmilla?

— Para que todo mundo saiba que você me ama!

Naquele momento, Draculivro apareceu. Ele foi se deitar, bocejando, e dormiu instantaneamente. Carmilla cobriu-o até o queixo para que ele não ficasse com frio.

— É meu tio — revelou-me. — Estou hospedada aqui.

Naquela noite não fiquei para dormir ali. O caixão dela era estreito demais e a cripta era glacial. Além disso, meus pais ficariam preocupados se não me vissem voltar para casa.

Atravessei a cidade no escuro, mas a lembrança do gosto azul dos lábios de Carmilla iluminava meu caminho como em pleno dia.

Mais tarde, em minha cama, sonhei que não estava sonhando...

CARMILLA

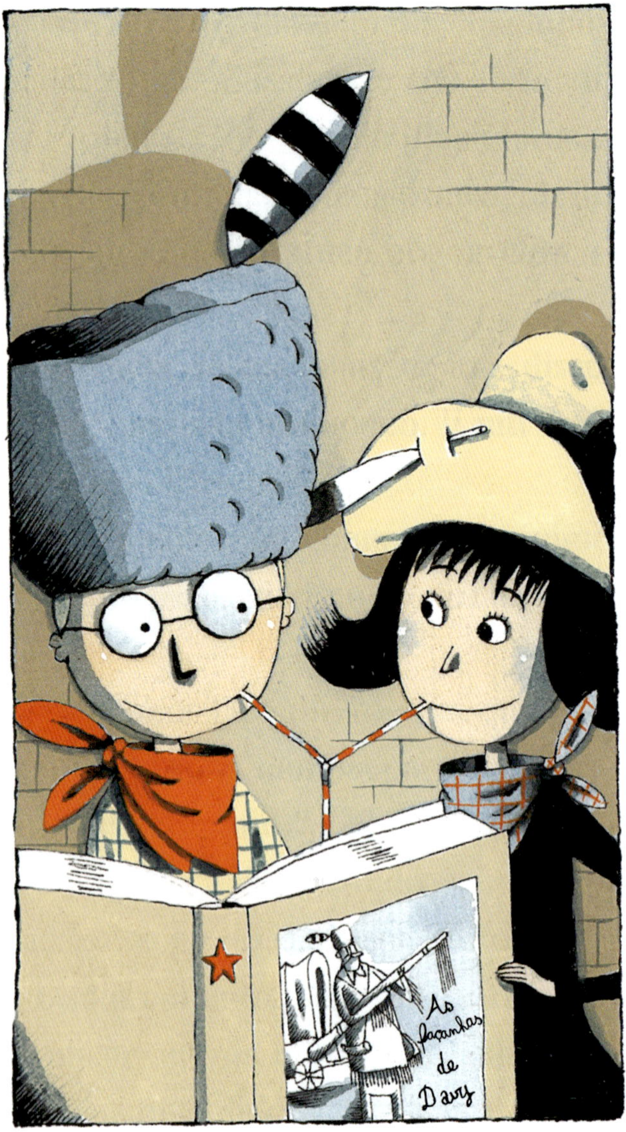
As façanhas de Davy

seis

Café da manhã em canudinho-de-dois

No dia seguinte, Carmilla e eu tomamos café da manhã juntos. Ela confeccionou um canudinho que se bifurcava para que pudéssemos beber o mesmo livro ao mesmo tempo.

Enquanto ela engolia o início de uma frase, eu degustava o fim. Quando ela corria no prado entre os bisões, eu ficava sem fôlego. Quando ela caía, eu me levantava. E, se o herói beijava a noiva, eu ficava com o gosto dos lábios de Carmilla em minha boca.

Começávamos a página 40 quando...

— Hum, hum...

... Draculivro desceu resmungando de seu caixão remendado e nos olhou com ar de reprovação. Ele só gostava dos monocanudos. Era um velho egoísta.

— Aonde vai, meu tio? — perguntou Carmilla, entre dois goles de aventura.

Sem se virar, ele bradou:

— Procurar um caixãozinho para o seu namorado... Assim, se ele decidir se tornar um chupa-tinta como os outros, poderá dormir aqui. Dormir numa cama, sob o teto de uma casa moderna, com aquecimento central e água corrente, credo! Essa ideia me dá arrepios!

Depois ele saiu.

Então Carmilla me disse:

— Sabe... Para mim tanto faz dormir em um pequeno caixão ou em uma cama... não me incomoda, de verdade.

Suspirei de felicidade antes de começar outro livro, que tinha por título: *O chupa-tinta*...

Era um néctar dos deuses!

SUMÁRIO

um
O pequeno e solitário chupa-tinta . 5

dois
Com a morte na minha cola 11

três
Carmilla 17

quatro
O que você faria se eu
te mordesse?............................ 23

cinco
O gosto azul da tinta
dos mares do Sul 33

seis
Café da manhã em
canudinho-de-dois 41

Éric Sanvoisin

é um autor estranho: adora sugar a tinta da correspondência de seus leitores com um canudinho. Foi assim que ele teve a ideia de escrever esta história. Ele está convencido de que aqueles que lerem este livro se tornarão seus irmãos de tinta, assim como existem irmãos de sangue. Se você escrever para ele, ele vai lhe enviar um canudinho... Promessa é dívida; se ele mentir, vai para o inferno!

Martin Matje

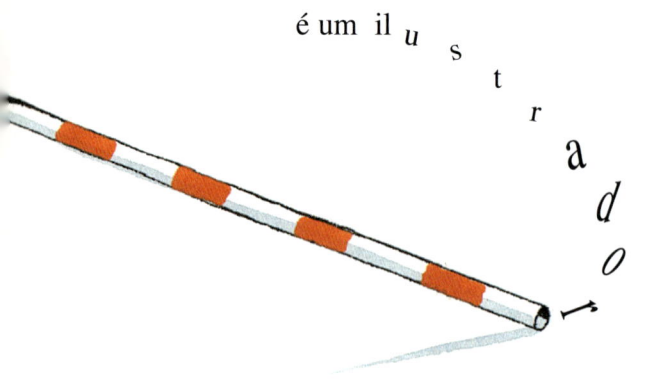

é um il u s t r a d o

1ª edição Fevereiro de 2007 | 2ª reimpressão janeiro de 2013
Diagramação Pólen Editorial | **Fonte** Times 16/21,5
Papel Couche Reflex Matte 116 g
Impressão e acabamento Corprint